诗歌名家星座

一切皆由悲喜

李云 ——

著

陕西新华出版
太白文艺出版社·西安

图书在版编目（CIP）数据

一切皆由悲喜 / 李云著. -- 西安：太白文艺出版社, 2021.8（2023.6重印）
（当代诗歌名家星座 / 李少君主编）
ISBN 978-7-5513-1969-0

Ⅰ.①一… Ⅱ.①李… Ⅲ.①诗集－中国－当代 Ⅳ.①I227

中国版本图书馆CIP数据核字(2021)第144866号

一切皆由悲喜
YIQIE JIEYOU BEIXI

作　　者	李云
责任编辑	张婧晗
封面设计	郑江迪
版式设计	新纪元文化传播
出版发行	太白文艺出版社
经　　销	新华书店
印　　刷	三河市同力彩印有限公司
开　　本	889mm×1194mm　1/32
字　　数	90千字
印　　张	5.5
版　　次	2021年8月第1版
印　　次	2023年6月第2次印刷
书　　号	ISBN 978-7-5513-1969-0
定　　价	45.00元

版权所有　翻印必究
如有印装质量问题，可寄出版社印制部调换
联系电话：029-81206800
出版社地址：西安市曲江新区登高路1388号（邮编：710061）
营销中心电话：029-87277748　029-87217872

《当代诗歌名家星座》｜序 言

冯友兰先生在《国立西南联合大学纪念碑碑文》中说："我国家以世界之古国，居东亚之天府，本应绍汉唐之遗烈，作并世之先进，将来建国完成，必于世界历史居独特之地位。盖并世列强，虽新而不古；希腊罗马，有古而无今。惟我国家，亘古亘今，亦新亦旧，斯所谓'周虽旧邦，其命维新'者也！"

创新，一直是中国文化的使命。创新，也是中国文化的天命。中国自古以来是"诗国"，汉赋唐诗宋词元曲，艺术的创新总是与时俱进的。百年新诗，就是创新的成果。没有创新，就没有新诗。

"创造性转化，创新性发展"，我的理解就是创新与建构是相辅相成的。创新和建构并不矛盾，创新要转化为建设性力量，并保持可持续性，就需要建构。建构，包含着对传统的尊重和吸收，而不是彻底否定和破坏颠覆。创新，有助于建构，使之具有稳定性。而只有以建构为目的的创新，才不是破坏性的，才是真正具有积极力量的，可以转化为新的时代的能量和动力。

众所周知,诗歌总是从个体出发的,但个体最终要与群体共振,才能被群体感知。诗歌是时代精神的象征,真正投身于时代的诗人,其个体的主体性和民族国家的主体性、人类理想和精神的主体性,就会合而为一,就会成为时代精神的代言人。伟大的诗歌,一定是古今融合、新旧融合、中西融合的集合体。杜甫就曾创造了这样的典范。

杜甫是一个有天地境界的人。在个人陷于困境时,在逃难流亡时,杜甫总能推己及人,联想到普天之下那些比自己更加困苦的人们。在杜甫著名的一首诗《茅屋为秋风所破歌》里,杜甫写到自己陋室的茅草被秋风吹走,又逢风云变化,大雨淋漓,床头屋漏,长夜沾湿,一夜凄风苦雨无法入眠。但诗人没有自怨自艾,而是由自己的境遇,联想到天下千千万万的百姓也处于流离失所的境地。诗人抱着牺牲自我成全天下人的理想呼唤"安得广厦千万间,大庇天下寒士俱欢颜,风雨不动安如山","何时眼前突兀见此屋,吾庐独破受冻死亦足!"。这是何等伟大的胸襟!何等伟大的情怀!杜甫也因此被誉为"诗圣"。

"文章合为时而著,歌诗合为事而作。"杜甫无疑是中国诗歌历史的高峰。每一代诗歌有每一代诗歌之风格,每一代诗人有每一代诗人之使命，如何在诗歌史上添砖加瓦、锦上添花，创造新的美学意义和典范，是百年新诗的责任，也是我们当代诗人义不容辞的责任。

由太白文艺出版社策划、出版的这套《当代诗歌名家星座》，注重所收录诗人的文本质量和影响力，着力打造引领当代诗歌潮流的风向标。这套丛书收入了汤养宗、梁平、陈先发、阎安、谢克强、苏历铭、李云等人的作品，他们早已是当代诗坛耳熟能详的诗歌名家，堪称当代诗坛的中坚力量。他们或已形成成熟的个人诗歌风格，或正处于个人创作的巅峰期，他们身上所展现出来的创作活力，正是当代诗歌的活力。相信这套丛书能够帮助广大读者多角度、多层次地深入当代诗歌创作一线，领略瑰丽多姿的诗歌美学。

新的时代，诗歌这一古老而又瑰丽多姿的艺术门类，需要紧扣时代发展的脉搏，深入生活扎根人民，不断挖掘时代发展浪潮中的闪光点，为广大人民群众提供更加丰饶的精神食粮，推动实现从"高原"到"高峰"的突破，书写中华民族波澜壮阔的全新史诗。这套丛书收录的八位诗人，无论是他们的创新能力，还是创造能力，都已在长期的写作过程中得到证明。他们心怀悲悯，以艺术家独有的观察力、整合力，萃取日常生活中富有诗意的一面，呈现出气象万千的时代特征。

风云变幻，大潮涌起，正可乘风破浪。新的时代，中国正处于历史的上升期，这也将是文化和诗歌的上升期，让我们期待和向往，并为之努力，为之有所创造！

李少君

目　录

卷一　大地

大地 \003

洞穴 \005

渠石 \007

陨石 \008

火山 \010

雪峰 \012

大风 \014

阳光 \016

茶山 \018

熏 \019

塔 \021

月 \022

卷二　心象

梯子抑或其他 \027

音乐厅的清晨 \029

球状闪电 \031

潮汐的遁词 \033

黑的生命密码 \035

雨滴里的微积分 \037

舷窗外 \039

夜深沉 \040

风去处 \041

暮色重 \042

阴天里 \043

木与火 \044

摇曳着 \045

夏至引 \046

蝶恋花 \047

酒气消 \048

驯象记 \049

玩游戏 \050

钟声里 \051

卷三 苏醒

苏醒 \055

对答 \057

掠过 \058

花园 \059

一切 \061

残简 \063

忘记 \064

铃锤 \065

古堡 \066

卷四 切片

露水 \071

沙漏 \073

独奏 \074

蹼印 \076

往事 \078

切片 \080

盒子 \081

星空 \082

启事 \084

叮嘱 \085

去处 \086

掌纹 \087

稻草 \089

揳入 \090

卷五　神启

草原 \093

从呼和浩特飞往乌兰巴托 \094

过切木尔切克镇 \096

我替庄子去看红嘴鹈鹕 \098

火烈之鸟 \100

赞比西河 \102

一切近在咫尺 \104

行走在草原上的马赛女人 \105

百药山药典 \107

拜谒重兴寺遇见筝声 \109

大运之河 \111

在江兴教堂外 \114

红色感叹号 \116

登塔记 \118

祠堂及如在 \119

看蜀锦 \121

戏重庆 \123

滘和涌 \124

双河口·北门 \126

卷六　谐谑

魔术师 \131

定型术 \132

过去式 \133

磨刀事 \135

恶作剧 \137

小凿子 \139

琴前世 \140

睡眠处 \141

吃货记 \142

倒计时 \143

卷七 雪国

雪国 \147

附录

格物与养气 醇厚与清冽

——李云诗歌品读（李犁） \159

卷一

大　地

大地

谁的皮肤,骨骼耸立,河流的源头
黑森林的秘密,岩浆喷发时烟尘四散的灵魂,我看到
旱季和雨季孪生兄弟,走失在两极
大海蔚蓝的汁液仿佛是唯一无毒的蜂刺

时令、农谚、生与死的契约写在这里
坟,摇篮曲
我还能远足多远,雪山后面的寺庙,红痣
深井,脐,针孔,从这里可聆听内心的隐言
汲取这个侵略的动词,使自然枯竭的原罪

我们躬下身子,和成熟的稻穗与秋后的蒿草比比谦卑
阡陌上墒情焦虑的季风,黄金死寂,金属退到石头的深渊
也没有躲过一场场屠城风暴,降下血雨才有腥风

我敢放言:万物之灵诞生于此,也毁灭于此
托举太阳,也收取雨水和雪花,包括微生物和电磁光

胃总是痉挛,地震、海啸接踵而至,大地
苦难和欣喜同在,比人类更悲伤,它是不会哭的动物

最后，我们被焚毁的肉身，将以灰的形式涣散
欲念妄想增加它的厚度和广度，风来
一切皆空无，大地指间，光在滑落

洞穴

不说远古,不说猿人可不可以
不说洞穴不行,钟乳,暗河,盲鱼
我的宫殿,其实是:一个王的剑匣,一个乞丐的竹竿和破碗

潜入,游走,摸壁蹒跚,暗处的蝙蝠和发黄的弃骨
陶片和贝壳被无辜踩碎的声响,闪电般触目惊心
靠嗅觉走路的人,嗅到历史的馨香和血腥,玉玺倒悬
一只杯子,套装的袖管,只有耻骨知道的水源地

洞穴,没有牙齿的口腔,空荡而充实
灰烬上的余温,记忆里的篝火,灼伤壁影上掠过的尖叫
不说了,不说这平凡暗淡的一切,咸涩和甘甜的水都会流失
生命的蝌蚪溯流而上,我们的七窍和其他巢穴
阳光透射过来,一切明的暗的,均在生长和退缩

光,流动汁液,可触摸的语词,圆
数学公式 π 的 3.1415926……
等等,阴阳之鱼唱着但丁和阿炳的窨底升腾起的
旋律在飞翔或坠落

黑暗里你不会寒冷,虽阴风阵阵,但有温泉汩汩流出

一切均好，不说了，面壁的日子，悬棺的最后支撑已脱落
一支铜号哑然失声，我的宠物
剑齿虎和猛犸象走来，它们要长啸
仿佛有话要说，谁知道呢

夜半，黑漆醒了，涨潮时分
洞前水帘降下，朕和平民一样要安眠

渠石

目不斜视,正经的个性,对于
落花,流水。老禅入定,门神执剑
凡心不在,犁开汛期的执拗。分!
或是一种使命或是一种职守,与洪水拱手的礼节

滴水穿石的古老传说,青苔斑驳
时间之铁杵,磨为针的途中,一位位石匠咳血倒下
水没有胜算了,如果是火来煮煎
结果际遇又该怎样,一瞬千年

治水人的背影沉浮在白涡之中,打旋
如阴风走过,大浪止于坝前,四月风未停
在石头与石头黏合的缝隙里,江上的号子,帆影
哭泣与笑声,水烟
一缕缕进进出出,叹息一样在心口开花结果
松萝、水草、鱼族各自的语言,螺蛳和水蛭爬上来

那群打伞走过灵渠的人,不知渠石醒着
指指点点,谬赞和篡改《史记》
水在笑,渠石生气,坝堤抖动

陨石

弧光划过,天幕被刃刺破
一个星座的舍利

叛逃是从叛逆开始的,出逃之夜途中,大火燃烧,生命
泪腺荡漾一路长啸或长哭,尾曳是光
分裂,熔解,一个星球以自刎的决绝
飞驰,流星四溅
还是光年的光,坠落者自有坠落的理由,飞翔者也是一样

砸,森林或草原微颤
慈悲的陨石从来都选择无人的地方降落
焦煳的气息四散,去消解新鲜的风
所有生命都死寂在含铁和镍的缄默里
铁和镍不会说话,铁只有被打成剑后才能
开口说话,镍只有铸成币才会
行走人间。此刻,生死固定在一个状态里

野马分鬃的蹄,野骆驼的唇
以及我的目光抚摸你最后的余温和脉搏
仿佛是抚摸先人的最后伤别

收留,宇宙的弃儿抑或流放客
不问来者的出处和政见
收纳它们,逃亡者或亡命徒

每当夜把黑夜煮沸,陨石就会放磁,放出辐射之幽光
谁也猜不出其中秘密,或来自哪个星系
但一定与你我有关

火山

一定要撕心裂肺地撕开一个出口,也一定会撕开,缝隙
让火冶炼成熟的岩浆,射出
太阳的行径,由下而上
向苍天擎起火炬,地球喷出一口热血
口吐焰火的山,这不是盛世之宴上的舞蹈和秀

在地幔之下,那里必将有一场
暴动和哗变,兵谏的队伍,赤眉赤发
沿着大地深处的经络,一路逆流而上,从窄道和罅缝冲出
洪水决堤,铁炉炸裂,火,八方来火

遇岩石熔化岩石,遇冰块就把它煮成沸水
让所有沉默的不再沉默,加入这支不安宁的队伍

终于,岩浆推开大山之门,火山开口呐喊
紫烟、岩硝、尘埃和爆破的声音
从山巅冲下,铁流劲旅
纵横恣意,裹挟一切挺进
一定会遇到断崖,决绝地蹦极而下
一定会遇到海水,点燃海水让其爆炸

火山,火山,
一个新生的开始。一个死的结束!

雪峰

雪是雪山唯一的登顶者,雪
不要氧的植物,雪给山峰另生成一个名字

在雪峰脚下,冰水流淌
羊、牛、马的草甸,野花开放
还开放蒙古包,哈萨克的毡房,藏人的经幡和玛尼堆
开放牧歌,篝火和坟茔

在雪线之上,巴夏人在负重行走
喘息之声比驭马声还大
山石微动,雪崩开始
覆盖,深处不仅有登山者的呼吸
还有岩羊、雪豹的遗骨

在雪峰之巅,只有苍鹰一划而过
北归的雁阵,在山谷风口
冲刺艰难,多少羽翅折在这里

这一定不是一个具象的雪山,在心里
我认他为教父或干爹

雪峰脚下,谁抬眼仰视
雪山严肃,雪人在跳跃
我徒然自卑

圣洁就是这样吗?雪莲绽放
我还有几米、几十米或几百米,就可
抵达群峰之巅,扶摇直上的云朵
我会窒息在有氧的途中,不悔
还有鹰

大风

十万头抑或百万头，野象狂奔

起于青蘋之末，起于海洋深处
起！无处不在的生命动词，与呐喊、狂飙、扫荡、摧枯拉朽有关
与改变、重建、毁灭、彻底否定有关！

十万头抑或百万头，野象足音

北方森林，南方海岸线
极地极光，东边龟裂的红土
沙漠的胡杨和都市人们眼底的渴望
需要！需要大风来临
飞沙走石也罢，倾盆大雨也好
台风！飓风！大风！风……

十万头抑或百万头，野象嘶吼

让虚假的广告牌倒下，危房倒下，无基的山倒下
请扫走腐尸味和铜臭味，扫走无良者和政客
把水和药备好，还有蜡烛和茶点
以及书籍和唱片，当然还有火柴一样的你

十万头抑或百万头,野象在笑或在哭

裹挟着种子,新的消息
来!让河水四溢,泥石流奔走
田园和都市是该换一换新面孔的时候了
断崖断去,坠石崩析
我不惜,我愿意
只是树和花草是无辜的牺牲者
我忏悔且无奈
但我依旧盼望大风快点来到

我要随它狂奔或舞蹈
要不死在其怀中,要不一路狂啸
淋漓酣畅,大风里长河之涛
我击浪而行。象群来了
我看见

十万头抑或百万头,野象走远

东方既白,大地寂静
我幸福地战栗

阳光

光，你究竟要照亮什么
在谁的身边
还有阴影以及阴影后的隐藏

光，给万物和我成长的四季
切尔诺贝利的烟尘，乞力马扎罗的雪雾
京都的乌鸦驮着红色风尘在飞
还有九华山下蓉城火桶里的暖
光，我的《圣经》和氧
背弃不了的血脉和心跳

颂词该属于你了，大地唯一双手承接的亲人
海洋底的黑烟囱在呼唤，大森林
最核心的蛙类蕨类让变色龙完成七彩纷呈
赋，大段大段的金色和银色布匹是长江黄河
呼啸而来，飞瀑的虹和大海边的海市蜃楼
是你成全我们成仙的梦
我不破的皂泡和遗失的万花筒

仰望或者俯瞰，唯有你的存在
四季中，冬天是最让你走近我们的

其实对于我,每时每刻都需要着,光
种子需要土地,亲情需要目语和援手

在黑夜的孤旅途中,我不拒绝黑
黑——阳光的第八种色彩
黑——我的第二种血液
有了这些,我还会恐惧什么

万物生长,靠着一种目光
我乘着暖意出门远行

茶山

被驯服的草木之心,蓬勃。绿波荡漾
水漫茶山,兰香扑面
伤精耗神,颈椎和趾骨隐疼,阴天下雨该多好
茶农没有这样说,晒架喜欢阳光诞生

所有爬上梯田的人,都是鱼。停下手上动作
指纹都会在绿汁里窒息,溺水。十指和双眼
被绿唱绿

我知道跟在采茶女身后,不会沉沦
清明的春光正媚,穿针引线一样,沁入颅顶和肺腑
采茶小调是思凡的药引,圣洁的生死
等着生火的粗木柴此时焦急,点火的烟头丢在
去冬的路口,山神庙颓废的墙,香火已断

山泉流水,叶片舒展
淹没和沉浮,平和冲淡,提神醒脑
此山功不可没,老树新芽

熏

看到是袅娜的上升,你看不到
潜行和浸入
正如你摸着的氤氲和弥漫
比红衣人的经颂启唇的黎明之色
还要微弱和不可捉摸

走出铜门栅栏时,你可能变为一只蝴蝶或鸟
从一支火把的燃点上飞翔时,你撕碎一件白衫

如江雾给渔船和岩石拉上门帘
檀的香魂收敛或穿过衣襟和罗帕
这是旧年皇历上的记忆

叹息一声,一节日子被折断并坠落
断去的还有杳无音信的信使和马蹄声声

那么多的沉吟和诗稿
是无人问津的残山剩水
在黄昏和清晨被阒寂点燃

女儿红的心思和状元红的心思

一样的风味和酽红

走过，散尽

塔

我只能这样凝视
供奉舍利、经卷、法物
这不是敬慕的全部——镇妖之塔
大地上妖的囚禁之地

我只能这样俯瞰
大象、青狮、金翅鸟在石头里垂目
凭栏远眺的还有——云龙、金刚力士、舞乐伎和宝珠
风铃之舌说出难言之隐
心路上的妙音盘旋

我只能这样想着,神仙在这里来来去去
这可能是最古老的航天发射器
我看见,大小石函里的密码
水晶珠里的秘密
我说,这都是通向另外星球的
暗示和通道

山峦龙骨上的骨刺
河床里斜插的簪

月

我说我来自月的故里,你信吗?
不信!但这是我的真实坦白
我真的是它派来的遣唐使
这不仅是唐诗宋词元曲小令的叙述和传唱

当仰望已不再是今人一个良好的习惯
——等!
业已变成戒不掉的瘾
"阴晴圆缺,悲欢离合",只是在笛孔中、丝弦上
落下的银白流水或流水银白

我多想知道你背面里的秘密
暗夜和暗物质,情感的暗
是等于、大于、小于的关系,还是 N 次方
我只想求证:正面是负面的反证或负片
多难呀!月亮,大到草原和江河
小到井底和碎镜,一声轻叹及长啸

真想守着今夜的香饼和石榴、菱角
这朴素的日常和不朴素的神话
玉兔、桂树和神仙及凡人,千年不变

但我们此时是光年的语境,真相

均在纷纷坠落,从月牙的牙到满盈的皎洁

再说一次,我真的是从那里派到此星球的使者

月幔、月陆、月海

榴辉岩上均有我的脚印和呼吸,亿万年前有着留痕

不然它影响大海的潮涨潮落的同时

怎么会牵动我月月的兴起和萎靡

月呀!如果我不归回

你就寂寞睡去

我一旦踏入归途,会以闪电的速度

这一天可能不会来临,我真的爱

这里的大地、河流、人们和鸟鸣

歌声、土语乃至泪水和美酒

亲吻、抚摸乃至狂舞和亲情以及爱

月呀!你那里缺少这些

卷二

心 象

梯子抑或其他

摘星的手指竖起　梦想的心墙
支着一架黑白键交叠的琴　如果它不像梯子

一切美好企盼在被一寸寸地点燃
蜡烛基座下的铁轨　驶来足音
如果它躺下　一定是担架或单身床的表情和侧影

最初愿景悄悄地被寄存在高处
总想用鸟的目光俯瞰一切　可能唯有这样才能吻到幸福的丹唇
遗憾终生的事　是你两肋永远生长不出一双翅膀

把握和拥有高音区的天空是如此之难
比从岩石里用火逼出稀有金属还要难
冶炼这古老的手艺　空格子——陶范的初始
存放文字或放飞鸽子还有青铜　肯定还有什么储存在此
这些不是我要告诉你的事件的全貌

我要说的是天总在下雨　破坏了你一次次攀登的计划
你只好苟且地说　我上去不是要眺望远方
只是要换掉那片破瓦和椽子　屋子总在漏水

最后　你终于从烟囱里爬到顶上

青烟一样扶摇直上　当回头望去

梯子已经朽烂　时光之神失神地打量

一切化为乌有

再最后　谁无语凝噎

天——天晴得很难产

再再最后　梯子和你就没有了

最后

音乐厅的清晨

退潮后　裸露的不仅是企鹅冻死的模样
椅子　还有拭擦泪水的手纸　似残破的羽毛
依稀有呐喊及掌声　拍打礁石的面庞
已逝　涣散　湮灭在黑沼泽

乐池空荡　放生池里没有哭泣的鱼和欢笑的蛙
唯有池底散落松香、残弦、哨片、笛头和铜号上剥落的锈

帷幕上静电暗流反复传诵四个乐章
全部内核　蝌蚪和蝴蝶潜入绒布的内心
在木纹　石壁　玻璃的骨隙开出花朵
中板　慢板或快板　昨夜这里一切声音
匍匐、攀缘、流动、驻足谐谑曲或小舞步曲

都看不见了　聚光灯在梦的深巷里遇到盲者
独眼巨灵等来的生日礼物是一只启开不了的铁盒
这是第三乐章第三小节的内容吗　我不知道

而此刻　吸尘器是唯一的独奏乐器
吸走票根、歌剧说明书以及半根指挥棒
高跟鞋的断跟、雪茄的烟灰、脏口罩和坏了的手机护屏

更多是各种话语
我们当下语言的总和

穹顶上　在一丝一缕落下什么和一缕一丝
上升什么一样　让人迷恋和迷茫
倒置的旋涡在吸完这里仅存的暖意和人气

只是阳光进不来　中央空调送来的不是
晨曦清新的风　这偌大空间里看不见的水
正在被彻底地挤干　一只失去水分的橙子

我徜徉在一个耳蜗里　一只失聪的
戴着助听器的虫子　在彳亍而行

球状闪电

隐身的诸神先人一样纷纷降临七月的尘世
用利剑决斗　已是司空见惯的事　胜负在伯仲之间
击掌再约时　电闪雷鸣
别问神的事情　他们决斗缘何
他们可能和凡人一样有着情仇恩怨

黑幕拉开的赛事　大地之上苍茫之间
是他们最惬意的球场　所有的生灵都是观众
城市之眼摩天轮睁大眼睛　所有躲在大树下的生命
在雨中奔跑　不过谁也跑不过灾难黑色翅影的覆盖
神呀　我的先人呀！
那橙色、黄色、白色的火球是你们最宠爱的玩偶

球！火球！！

霎时在天地之间滚动飞驰　噼里啪啦的声响
逆风而行也随风而去　炫目的光束
世人看到飞矢般的火炬和炸炉飞溅的钢水

球——火球！

过处一片焦煳　一缕缕青丝烧着　树木炸裂
露出年轮的浪纹和岁月的骨头　穿过门窗
看　世人惊恐地从指缝里流出来怯怯的光芒
好难过的季节　但我们依旧希望球赛继续
因为我们坚信瘟疫和厄运会随火球爆炸燃烧
而结束劫难
而换了人间
而清风拂面
而六时吉祥

潮汐的遁词

古往今来的成功与失败不过在起伏和进退之间

如生命的起源交媾的节奏和身姿

月令盈亏的暗喻涉及天上和人间两条河流

命运走向丰盈和干涸

汛水　汹涌地来自然会悄然地遁退

这是你告诉我夏季唯一能记住的事

说这句话时

海水正在涨潮　鲸鱼和鲨鱼正在围猎

说完这句时

太阳已经西坠渊谷　万鸟回巢

漫过膝骨的水终会存储在眼眶里

内心的水坝里的碧浪已经逼近城池的警戒线

惜泪如金的日子　守着满是白银的库房

我不会监守自盗　谁都明白

与骨头颜色一样的泪水和骨头一样高贵

所有的泪水都是骨头的舍利

所有的舍利都是骨头的泪水

我不能用它对换人世间的同情和怜悯

这是我一生仅有的私产　绝不从众充公

假如失败是注定要去的坟茔
我一定会用心把杂草除尽　把碑文擦亮
让无字的墓志铭　告诉
路人们　白云苍狗　潮起潮落
不过是转瞬即逝的事　我们能拥有的
不过是一呼一吸　只是一念一持
也只能是一怒一笑

黑的生命密码

墨锭的大门厚重　漆棺上的夜色浓酽

打开枯井的铲钝刃　没有剑的剑匣
怀念腥风血雨的无月的深更　柝声沉重

在煤燃尽的黎明白的骨灰上　飘荡着过火的红
所有的缄默是倍全休止符中间的部分

海沟深处　巨大生灵在沉潜　沉潜的还有
对光的决绝背叛　打开嗅觉、味觉、听觉、触觉
放弃看见　是为了　眼不见为净

万色的生命终被酿成与白对峙或反衬的物质
流淌在鼓的内部和黑管的笛孔　银器上面的斑痕

多好的皮肤与多好的江山一样被黥面
刺青的暗底曝光着静动两脉的透迤河道和山势
眸子的古堡里除了春阳灿烂　更多是愁云密布

铁锈张口　语词涩滞
失忆的眼睑张开是白昼　闭上是夜晚

不公平的是　人们拥有晚上的黑
比白天的白要多　只得责备自己遗忘密码

这是需要打开的时候　也是需要健忘的时辰

乌鸦的羽翅扇动着洞穴里的秘密
大鲵、黑豹、野猪、蝮蛇都在咳出心底的乌金
鲨、儒艮、刺鳐、虎鲨共同抬出要晾晒的黑玉

这是要封锁的时辰　也是自闭的时候

我每根头发的细孔里黑潮渐退　白浪复来
所有的腔膛里存在着半是雪原　半是黑山
密码　密码　圣歌绝响　没有传承
空钵扣在岩石上　里面会有什么颜色在说话

墨锭的大门松动　漆棺将在正午打开

雨滴里的微积分

下坠的珠子最后是以句号上生出乳头为生命的
开始和结束　漾一个性感十足的艳词
在雨天的湖泊和江河溢出

极限　费马、巴罗、笛卡尔这些对曲线和切线
深研的人和我三国时期刘徽一样都已面孔模糊
那道公式的演算耗费了　多少
灯盏里的油脂和士人的精血　比垒起这个万里江堤
还要艰巨和艰难　牛顿和莱布尼茨
留下传说和严谨推演　穿过多少雨季或旱季
论文里面的说明　这些和微积分有关的千丝万缕的情感
演绎成徘徊江南不走的梅雨

我决定只关心雨的运动、速度、密度
以及流速的最大值和最小值
一滴水的周长、质感、重量

雨水在我的故乡正在形成新的洪峰
古街溺水而亡　搬迁到高处的人
不会诅咒白涡　他们已经轻易接受这些磨难

此时　我在解一道微积分课题　刚好
大水漫过学校的围墙　青葱少年们在戏水
其实这一切仿佛和大雨有联系
也没有联系

下坠的珠子最后以感叹号的舞姿伫立在句号的掌心来完成
一个难解的命题　滔一个万水汇聚的动词
在所有水利和民生里求证唯一答案

舷窗外

在最高处,白云如絮飘过或如浪涌来
我钻进棉被里　没有谁能陪伴

在最低处　如浪涌来或白云如絮飘过
我在一块蓝色飞毯上　唯有海鸥在礁上飞

一切都是这样不可忍受　却一定要忍受
我和这个世界隔着一层厚厚的透明

夜深沉

失眠者是给夜守灵的人　守着守着
灵魂就附体于夜　有灵魂的夜
就会躲藏起来　谁也找不到
（当然它会现身在星光里）

深井是它遁身之地吗
它可能皈依在墨锭里
抑或　退守在一缕黑发丛中
（对于失眠者这些俨然不重要）

终于　找到睡意
失眠者能入眠的白天　也是
黑夜

风去处

风一定有不可示人的事
并和人一定有着什么纠葛

风可能是侠者、忍者、仁者、残暴者
一个任性的独裁者或懦弱者……
也许都是！可能都不是

他的来处我不知道
我只想觅到他的去处

我只想看看他卸下隐身衣后
真实的面孔

暮色重

天色的色相衰老与沧桑同在左右面颊和额头
最酽浓的色泽氤氲在眸子的深处和心跳的初始

碑林的断碑与晚钟里的鸦鸣　纷飞的落木
我的皮肤上镀满了一层沉重　如我另外生存的肌肤
他内心的佝偻比他腰身的佝偻还要严重

脱不下的肉身是一座将要坍塌的塔
无声无息伫立在渐老的风尘中

阴天里

早八点,一个昂头望向天空的人
一直立在那里,中午十二点,他还在昂着头

车水马龙,众人随他一起仰望天空

天空是很空的空,放不下一枚逗号

傍晚六点,那个人打了半个喷嚏
擤了擤鼻子走了

众人的脸上阴云密布
低下头时,明天的雨就倏然下了
后天的风也已来临

木与火

是木找到火还是火觅到木
已经不重要了　比如爱情

擦亮欢乐时也是走向死亡之时

火把木烧着　木助燃火把火燃烧
木头和火焰在噼啪噼啪噼噼啪啪

最后　火把木烧完　木把火烧尽
一缕烟从一抔灰里如受惊的蛇样地窜走

摇曳着

不大不小的心思终于绽放心田
这是我最后的秘密　一个人的会心一笑

生姿不仅是一个季节的事

我把最快乐的事和最伤悲的事一起折叠
如折叠衣服和纸飞机　要不储存要不放飞

大的心思该储存　小的心思去放飞
不大不小的心思只能让它在那风里摇曳生姿

夏至引

属阳的鹿角脱落,蝉鸣大作,半夏生长
日照最长也是日照最短,今天

到来的雷阵雨骤来疾去
淋湿金黄的麦秸,荷叶滚动着晶石
坠落的叮咚,蚊子尖针长脚刺破水盂里金鱼的天空

随梅雨而来的白霉灰霉
只有用酒喷杀,如喷洗五彩斑斓戏服上的汗渍
举杯的手臂,早生的老人斑是另一种霉点

到来的思念在祖屋里
宜祭祀祖上先人,嗅到新麦饼,忌走夜路和相亲
此时,最适合去挑灯看蛙鼓
灯和你没有到来
我措手不及更无奈

蝶恋花

想到一个词牌时　那个朝代已湮没在前夜之前
和那个书生的剑气箫声无关　和那次矮墙的野蔷薇邂逅
无关　我在千年之后沉思

怀念一株花草的命运和一双翅膀扇动的微风
只要春天在春天里神样降临　人间
就会被一缕潜进的香味感动

我　该去山坡看看
耽搁在千年前夜里的故事会不会
翩跹而至

酒气消

残阳里的残酒还在　那些诗朋酒侣
在残阳里面目模糊　小镇已崭新得让旧事
涣散

豪气干云的酒事在划拳吆喝里沉沉浮浮
恰如一只夭折的瓜果漂过小河的门楣

唯一能记得是谁还在哼唱
"酒干倘卖无"那支老歌　或者是
"九月九酿新酒"渐老的民谣

驯象记

盲人只能摸象　驯象师要耳聪目明
大象无形　小象正在过河

我听到次声波召唤　一道道闪电从地心传来
惊悚　我知道我的大象有了脾气和怒火

和它谈上三天三夜的心　和它沐浴溪河又三天三夜
刷象牙和皮肤　请它吃香米团和野蕉
请来檀香和经书　红衣僧人也来了

我让我的大象倾诉完前世今生的苦难和欣喜
陪着它欢笑或流泪　泪腺发达　雨季来临
我请它静——安安静静下来

最后我把大象安顺地牵回家园

我牵的是自己的心象
原来我是我的驯象师

玩游戏

水在坠落,雾气升腾
佛光闪烁

瀑布的喧嚣反衬出大山的沉寂
我的无言对抗着云烟的流动
要不学涧水一样决绝跳崖

要不和古松一起不停下那个游戏
"我们都是木头人"
或者,让白云丢手帕在我和草木的身后
"找呀找,找到一个好朋友"

我和这山峦总该要做点什么
这一生不能无事可做

钟声里

先是铜锈脱落　后来乌鸦高飞
诞生的啼哭声和死亡的悲恸
一起走近和走远

北山上曾有教堂
北山下曾是刑场

先是羊惊悚　后是人驻足

踩着厚厚的积雪行走的人
被钟声纤绳牵着攀过高岗

南山上鹿角闪动
南山下酸曲俗歌嘹亮轻狂

卷三

苏醒

苏醒

相信我的呼喊是真心的

它从我最软柔的那里

喷薄而出

你该启开你的睫毛　抖落

泪珠和泪珠里沉重的噩耗

我一定要让丧钟停下迫近的脚步

谁都不愿看到死神的狰狞面孔

相信我的一握是真实的

它从我脉搏里传导与你的是生命律动

你该把你的噩梦　留给

黑夜和黑夜里出没的黑白无常

我一定要把篝火燃起照亮花香铺就的来路

醒来呀　我们的大地、阳光、蓝天和海浪

如此　仅拥有这一切　我说

这还不够

我请你和你们一定要站立起尊贵的身体

走来　像我认识这个世界初始

像你和你们第一次看见我
那样

我是你和你们曾经叫醒的人
对着你们的微笑我是哭着来的
所以　我希望你们回归面庞挂满微笑的甘甜

我要叫醒你和你们
以及这个欲睡的世界

对答

我不降临　你黑得怎会这般精神和灵动
雪说

我不落下　你白得将失去晶莹和皎洁
乌鸦答

让黑的更黑　白的更白
我只能如此
大地说

跳动的煤块
鸣叫着匍匐在谁的骨灰之上
我问

黑夜和黎明
揽在怀中的是万物的呼与吸
他俩都不说话

掠过

我不愿说
我真的看见了

翅羽上水珠滑过
是我心律里的一声惋惜
音乐从断弦上走远
蜷缩在石头里的语词将欲飞出
生命又回到它涣散的初始
真相是弥留时回光返照的目语

我看见了
我真的不愿说

花园

已是一个假牙床遗失在此
假山瘦骨嶙峋
已是一个旧手帕无人问津
三三两两的芭蕉和修竹

我把眷恋放在池水里养着
我洗不净水的皱纹里的陈皮

走了之后
四季没有节制生育
是时光的流产和流逝
野猫一样的春天和春梦

还要走多少夜路
才能遇到盗仙草的人和骑在短墙上的人
才能看到狐仙和外星人

这世上有太多善良的新鬼
花园里已盛不下旧日的指响与啸吟

桃花不会开

女贞渴望雨

花园此后不再有花开花落

云淡风轻

一切

一切都是循环抑或因果

隆起的山峦和雪峰　都
拥有大地的乳腺　出发
从树根和草茎的脚下

小溪变成河流、湖泊、大江
缫丝者、挤奶工、捣浆人、接生员……
只能是千手观音般大海的职业

收留所有逃亡到此的灵魂
还有草籽和朽木、沙砾和蛙鸣

然后沉淀一切并上扬一切
上升的白裙留下盐和鲸嘹亮的抒怀
留下蔚蓝的旌旗在雀跃地飘扬

白云出征了　遇到轻音乐就风暖日丽
邂逅重金属摇滚　天地之间
就会电闪雷鸣大雨滂沱
最后再归于树根和草茎脚下

一切都是循环抑或因果

和人类诞生、成长、别世一样
宿命同在　不过是
骨变成灰　血流成水
蝌蚪在水里逆流而上

残简

乱箭穿心后的死寂　在朽
寸金之地上刀斧和鼓鸣已经哑然

旗帜被焚烧的血气里有马倒下的轰然
流淌在水银上的星辰和月亮没了灵性

经世致用的药典和宫斗的秘密
用墨和刻刀划过如黝面的囚徒

用上香的双手虔诚地捧着　如执笏板
上不了朝的日子比上朝的时光要长

散落到草地或厚土里　记事的绳线
断了　还有一些人吟咏和拍栏之声
留下咳嗽不止以及袍裙拖沓的窸窣

竖起是立着的碑和枷
横放是一座驮尸的浮桥

忘记

我的目光抚摸绿色和冲破绿色的锈
沉沉的窗子拉不上去,仿佛闸门里盛满水

硬座的高背是绿色,那些穿绿色服装的人不在
小方桌上的盹和盹里的鼾香还在弥散

奔波的汗滴在头顶上的行李架上
以汽笛的方式气雾悄然散尽

我忘记从乌鲁木齐至西安的列车
三天三夜犁雪跋涉的寒冷和燥热

我的左边靠着的是谁,我的对面坐着的是谁
我的头顶架子上睡着的是谁,脚下躺着的又是谁
我浑然忘记,那该三十年前的旧事
其实,被我遗忘的还有许多,包括刚刚说的什么

还能记起的只有
雪把绿色的蛇激活让它向前狼奔

铃锤

就算是这样吧
隐者在青铜的瓮里坐禅
被囚禁的倒立者
一只坚硬的悬胆

就算是这样吧
风是击鼓鸣冤者
或是哭倒长城的女人
来了又走,走了又来
风铃一只,被摇动的摇篮或小船
颠簸在月色的波光里惊悚不安

就算是这样吧
铃锤用自己的头和骨头
敲打周围深井般的井壁
仿佛要凿出个洞偷点光进来

倏然,塔檐跳过一只拥有九条命的猫
塔惊诧一哆嗦
铃声大作,塔矮去一寸
就算是这样吧

古堡

我早就住在那里,这是我熟悉的味道

石块和石级咬在一起,不松口的动物
凝固的不仅是小窗和箭孔

踩一脚就会呻吟的木梯和楼板
木床和条桌以及立橱和茶几
都在旧梦中生着霉苔和斑痕

我早就住在那里,油灯、灶火
社戏和祭拜喧嚣以及婚丧大礼后的日常
喜怒哀乐鸡鸣狗吠

我熟悉的味道,没变
苦辣酸甜咸百味杂陈……

其实,我一天也没住过那里
就像我不熟悉那里的味道一样

是的,我对我自己说谎

我对你坦白真相，是的
我不知道这是为什么

卷四

切片

露水

暗啜,柔弱的草
捧起星星的泪水和月的吻痕

珍珠被蚌吐出来的时候,水草舞步妖娆
蚌的壳,上为天还是下为地,乾坤紊乱

季节的智齿一颗颗地更换
瓜子仁般散落小径的竹叶、松针
滑行过的水路让两岸新鲜

糯米滚动的声响和芡实坠下的惊讶
在朝阳足音到来之前喧哗,缄默是昨晚的事情

一颗颗宝石奢侈地遗忘或遗失
打磨成器的过程,抛弃和坚守一样为难心智
此时,一切剔透的夜半三更
都是压在旷野肩胛和挂在腮边的沉重

降落,穿着软底鞋的狐狸,无声潜入
裤管上落英的馨香,比谁吹气如兰还要有内涵
张力,书生的书房门半掩,灯火摇曳

只有荷叶不知所累地收藏了许多静谧夜话
晶莹的物质颤颤地滚动
不用风催促也会这样
举不动三两颗玻璃球的是怀念少年的心

沙漏

为了看见看不见的时间
你把沙子请到瓶中蹦极

天或地颠倒或对应
腹中的胎儿在大漠上孕育
两个隆起的乳房里
没有吮吸的力量也会让
黄金如风流动或如叶坠落

当知道岁月沧桑的内涵时
这个道具是你最恨的玩偶

瓶碎,一地凶器
沙子被沙子赶着四处逃遁
流逝的一切成为虚妄的破网瘫坐那里

谁也捏不紧一抔光
正如一抔光捆绑不起一抔沙子的灵魂
一样无可奈何,一切众生世相
皆是,落花或流水

独奏

一条河该有一条河的声响
没有两片树叶长着一样的宿命

没有谁能跟上你的节奏
不一样的思想不能共生在一张乐谱的巢中

只有你和你的影子在一起才显得不孤独
聚光灯罩着的永远是困兽的低吼

一个人战斗和孤旅,你的援手和伙伴
是你左手右手互搏的游戏,战壕里发出唯一的枪声

孤傲者走入孤傲的深处
一只豹在低头赶路或是你走失的孪生兄弟在低头赶路
或者,就是你自己彳亍而行

峡谷里走过的一切呼吸
都不会留下痕迹,风竟然踩疼了溪水
是欢快抑或忧伤的流动或流亡
仅仅知道水声一次次漫过峡谷的眼眸
好像还不够?那就循着蛇道蹒跚远去

盘旋上空的是九月的鹰唳

鹰唳的九月盘旋着空寥和坚实的心境

蹼印

泥淖有理由要记住你
沼泽也是,留不住身影就留个念头

迁徙的候鸟,留下羽毛
上游的水已经把它馈赠给了下游的水
留下的长呼短唤如坚果绽开,一粒粒
被天空储运到天空的深处储藏

足音刻成枫叶的形象烙印在湿地
唇上,还有芦花覆盖的深秋的卵
在一次又一次艰难地啄破大淖秘密的坚核

一个个碎步摇晃地走来
水花飞溅,嘎嘎嘎地叫着
正如那时,正逢暮色

波纹不断地对曾经的时光做着消磁手术
比将要到来的冬雪涂改大野的手法温柔得多
看看没蹼的手足和将逝的一切
还能倾诉点什么和记住点什么

事实真相是，我们什么也没有留下

哪怕是一个蹼印

往事

谁说过:今天的事情昨天就知道
那么,前天的事情后天还会记得吗

都说如烟,缘何不是灰烬
不是未燃的草茎和枝条
都说往事并不如烟了,那告诉我谜底到底是什么

不堪回首,回转身去双眸里溢出的颗颗盐粒
江山已变得陌生,在两看两都厌倦时
尴尬的不仅是我早到的暮年,还有星月之殇

激情早已托付给东逝水,凌云壮志在凌晨被凌迟在山南
我的那一颗无处安放的心,寄存在冰封的冰里
冬眠或生锈,萌生斑,老人斑

往去的光芒,不知停留在何处的云亭水榭
和谁干杯,都没有和往事畅饮来得痛快
号啕复长啸

日记本被记录的经年故事所累
胆汁黄的脸颊,毛边卷翘的日子

死寂在一角落呻吟,一页碎,页页都在碎着
夜夜也都在失眠地睡着

牵马的人手握断了的缰绳,失神地望向远方
近处马皮被蒙在鼓上抽搐、呻吟,闷雷隆隆响起

我的王呀!没有马
你换不回来你的春天和你的国,一切
都沤烂在风尘里

切片

一年是一个世纪的切片
一天应该是一年的切片
此时呢,就该是一天的切片

那么,就让我来真实地呈现此时吧
血流到心房里,心肌依旧缺血
骨骼上在繁生刺和结石
目光还在老去,镜片睡着。我
就看不清里尔克的第十一封来信

那么,就让我虚拟地设定此时吧
飞往异国异地的飞机轰隆隆冲入云里,云惊叫着
六十层楼上向下望,人比蚁还匆匆忙忙
花池里的锦鱼对着午后榕树背诵着阿赫玛托娃的诗

此时,仿佛拉金在敲门,让我停停笔
一切的结尾更重要,我也知道
如果现在去开门,回来再写此诗
一切就会变成过去式,这是我不想要的切片
所以我暂不起身开门,缪斯之神请同意我任性一次

盒子

孩子,请不要打开盒子,无须看到全部
这世上所有事物真相你不该都弄清楚
盛在里面的东西不都是吉讯,还有噩耗

在我最懵懂时,没恪守戒律
开口——说话
盒子被打开之际是阴霾沉寂的日子
请铭记这个教训

其实,盒子里是空的。其实
盒子里是满的……

雷霆来了,藏宝图展开,秘密被泄露
阳光也会来,推启窗棂,万箭穿心
瘟疫接踵而至,密谋被暴露,腥风血雨
火星人来了吗?一颗流星悄然划过,婴儿一声啼哭

我是一只盒子,我是自己的破戒者
打开盒子,打开自己
放飞或存储什么
孩子,我唯一不悔的是——开口说话

星空

大多时间我如蜗牛低头赶路,请别笑话我
你不也一样
蜗牛也是牛,真的

脚是盲者,不认识坎和陷阱,所以
它比脑袋撞到南墙和失聪的机会多
我得识路,不能迷信闻香识美人
"一失足成千古恨"是亘古不变的箴言

头顶之上的神灵,请原谅我的不敬
我知道,你鄙视我的平庸
是没有敬畏心和宗教感的行尸
但我依旧固执地不做杞人
我只守着自己的庸常

在要赶多少多少亿光年才能抵达的那个星球
我相信应该有一个对应的我,也应是一个
低头赶路的人
这是量子纠缠理论告诉我的,姑且
我信它成立,正如相信:蜗牛也是牛

那么现在只能让——星空

暂时让它空着

启事

有丢失的,就会有招领
只是丢失的概率总是大于招领
一纸启事,公文还是私文
不再重要,如海水是咸的一样无所谓

我们到了沉思的时间,趁着上帝已睡去
我说:远逝的青春有招领处吗?没有
我想:遗失的爱情有招领处吗?也不会有
最好的时光走失,珍藏在记忆的暖炉里

招领永远小于丢失
只有一个启事,在不远处贴墙而立
关于终极,谁也不能拒绝
只有此时,丢失等于招领,招领等于丢失

可能我说的是正确的,上帝知道

叮嘱

还有话要赠予我吗？那你就说吧
我是巨大的容器，能盛下一切

你真当我是凿碑的人了
一刀刀下去，石头能留下你的心路和气息
一定有那么一天会引来拓片的墨黑
昼与夜的面孔黥上文字
和刺青一样好看也触目惊心

不过我可能完成不了你交代的任务
辜负他人比失信于人心里要好受得多

所以，请不要把最难践行的事托付于我
可能选择我是你最后的错误
我举不起锤子，刻不了石头
刻刀下四溅火星是暴力美学的功课
我不忍卒读，怕失火

我只是虔诚地聆听你倾诉的人
你的事业和我真没有多大关系
你真幸运有人在听着，我是不会有此福利的

去处

告诉你们好自为之,我就要离开这里
多次和他们坦言的请辞在变馊,茶垢在死寂中生长霉斑
园地的一切都很茂盛,我,多余的园丁
这里只是肉身暂栖的驿站,不是
精神寄托之所。我作别封底

去处之惑,磁铁对铁屑的引诱
比苹果及酒或药还有魅力
蛊,在插图和卷首语及诗行里氤氲

我是陨石的儿子,我还要回到她的身体里去,宫房
这诗国里一群圣洁的诗奴
把光切成十二瓣送你,我们只有这些了

远方不远,对于行走的人
哪有什么远呀!一个溺死的名词
这善意的谎言是我的戒牒

去该去的地方,如来这该来的地方
一样别无选择

掌纹

我的山河在双掌一握里

摊开大地,我爱祖国一样爱着

双手,我的一切秘密,前世今生,后天的后天都躲藏在这里

记住最熟悉和最亲近的比记住最陌生和最疏远的更容易

以泪洗面时,端视和凝望这无声的旷野

才知道,生命线的暗结,事业线的破损

还有,桃花没有落在爱情的河道里

此时说的是自己的掌纹,在这里

密码和钥匙一开始就遗失

我就再也打不开命运的门

拍案而起还不如双手搓出暖来

富贵生死都说镌刻在五指山下

没有必要去学猴哥翻筋斗的辛苦

十万八千里的云和月与击掌吟唱时的瞬间

一样恒久,还要什么

来时两手是空去时也该如此

我有我的国,我是我的王

茧花常年地开，不谢不败
可能是我和他人的唯一区别

稻草

开始是草还是稻,别问清楚
我不知道,比苔花还微小的花未开之前
流水知道,一切冥想来自一粒种子的心思

秋天之前,一生走尽,镰来了
谷桶里落满金子,曦光已退
梦田已没有一抹绿色,净身者
一路向西,稻垛比墓
还要高。高过庄台

深冬深处,垛子内里躲着春暖
土狗和黄鼠狼的宫殿
麻雀帮我拾起最后的剩余
颗粒饱满,字字珠玑
慢慢形成一个人怀乡的特殊语词

稻草人是我的替身
我是稻草人制作的机器人,行走城市

这会儿只轻念着:稻,稻草的稻
草,稻草的草

揳入

当一切真相以暴力的形式呈现，我们都成为一种侵略工具
揳入——大地、江海、绿地和风里
巨大的电风车、立交桥和高架
还有丛林般的城市高楼
黄肠题凑似的揳入和咬合

一切如果是颠倒和相互纠缠的，并且混乱得没有次序和温度，我
只能用我的手指堵住，我的嘴唇和嘴唇后的语言
这天，我只好仰视或俯瞰
飞机在足音下飞，汽车在头颅之上轧过

长蟒抑或是高速公路
吞噬或分割着富与贫和城与乡
没有办法，我一颗戴着礼帽的钉子
封起什么，如钉封棺木

浑圆的眸子，绿色的泪滴
我在其中依旧褐衣玄帽

卷五

神启

草原

骨骼是石子做的,毛皮来自青色的草
一个雌性的巨灵匍匐在戈壁之北

把石子寄存在石子聚焦的山顶
石子就有了自己的那达慕
沉默的石子此时喧哗四野

让毛皮铺盖到草茎呼吸的角落
蒙古包就飘飞长调和呼麦
它或低沉或嘹亮

奔跑的蹄铁踢飞石子
溅出星星和篝火
低吻草茎的唇齿
咬碎长河中的月亮

敖包上的神灵是石子里走出的智者
广袤大地上的草是草原最卑微的圣人

最后,我们会走进石子的核心殿堂。如牧民
如露珠,我们会停泊在每个草尖的塔尖。最后

从呼和浩特飞往乌兰巴托

西山抬高暮色如翼翅压低草地
所有向阳的岗坡复活众神窅底的光亮

如果我的坐骑不是晚归的白云
那该是多么遗憾的事情

俯视,一座座风力发电机是巨灵们在奔走
并舞着三片大刀,刮开草籽和风的硬核
以及牧畜的哞哞、咩咩、咴咴和嘶嘶

呼和浩特到乌兰巴托之间
天气预报里的寒流是对流
还是逆流,我业已不知道
这才是立秋的第二天

西伯利亚的寒已经紧急集结

我要说的不是这些,此时
我看到闪电,蛇样地出没于天庭

这儿是哪儿?此时

可询问隔座的陌生人,也可悄问漂亮的空中小姐姐
只是我谁也不会探问,对着舷窗外压下来的黑
嘀咕了句什么或什么

你的呼和浩特呀
我的乌兰巴托

过切木尔切克镇

一位疲惫的江南，跌跌撞撞
踏入西部的土地，梅雨在戈壁滩前止步
不远处一个普通的西部小镇，馕样卧着

一支送葬的车队，缓缓地
所有的车都不会超它，向死而生的哀曲
高过天空也低落尘土
不同的坟茔，这会儿
被柏油公路刺刀般阻隔，只有鹰在这两边飞来飞去，好似传着
什么信息
其实，亡者们一定会在地下握手、吃肉

羊和牛的队伍倏然减速，让谁都慢下来，小镇丢出一声鞭响
它们是这里的主人，蹄声踢踏踢踏
此时，我还没有看到小镇真容，我知道我会看到

路边，一位戴着真假金饰和宝石的妇人是该去小镇的
风撩起头巾和一首维吾尔族民歌，唱着唱着唱着
几位走在后面同样去赶集的汉族、回族汉子
也随她唱着，这是去镇上的途中
只是他们不搭话，只是唱同一个旋律的歌

只是我听不懂
在切木尔切克,我买来治眼疾的疆药
让我眼明心亮地看到阳光的暖
我喝两碗羊肉汤,驱散我心底的冷
这是五月去布尔津的途中

我替庄子去看红嘴鹈鹕

我替庄子去看这红嘴鹈鹕
在非洲肯尼亚
庄子看过的只是中国的鹈鹕
故此他曰
"鱼不畏网,而畏鹈鹕"
我只记录
鹈鹕翼展三米
羽白喙红
蹼大
是一种他那时没有见过的鸟

一群鹈鹕被我们逐飞
没有抗议之声
只是嗓音咕咕
一掠过我们的头顶
一阵鱼腥

放牧的栗红色的儿童
打量着我们
也没有言语
只是用单音词"斥斥"

把牛羊赶远

故此,我复写下
鹈鹕不畏牧者
而畏游人

火烈之鸟

食藻不食鱼

鱼在的湖你们退避三舍

食盐食碱

但多了少了均不行

你们苛刻地要求

雨季和旱季

雨来雨去

要不就迁徙千里之外

星夜兼程

不妥协者神情高洁

行要优雅

食也要优雅

飞更要

你们在天上地下水中

均是跳着芭蕾

完美主义者追求一生的完美

把湖水煮沸

让天空燃烧

遮天蔽日的火烧云

仿佛

羽着火长腿着火

长喙着火瞳仁着火

让世人见到你们

就感到永恒的暖意

你们蹈火而舞

浴火者浴火先生

赞比西河

河马姓河
她潜在河中摇尾吐气
理直气壮
没有河姓的动物们
也理直气壮悠闲生活在一河两岸

譬如
鳄鱼枕岸晒日
大嘴张开惬意地让鸟儿为他剔牙
狮子用长舌舔水
逗得赞比西河笑纹四溢
她是条怕痒的河
长颈鹿支起八字长腿
向长河低下高贵的头颅
在致敬中吮水

绍纳人和恩德贝莱人
来此
或渔或猎
或击水三千
篝火旁的舞步和歌声

使长河激动沸腾

月光之下
大河雀跃
她赶路正急

一切近在咫尺

斑马离我五步之距

吃草

狒狒在我三步之遥

嬉戏

长尾猴上了我的餐桌吃点心

鸟停伫在我肩上

我是它一棵放心栖息的树

在这里我是它们的至亲挚友

如此熟悉

没有距离

近就该近成这样

伸手可触

两无戒心

在这里我不防备

我心不累

行走在草原上的马赛女人

一定要结伴而行

那动物不管你们愿意与否

在狮子瞳仁里

红色的火焰

从一个村落飘移到另一个集镇

背上是熟睡的孩子

头顶着盛满清水的瓦瓮

左手搂着一捆木柴

右手拎着一袋刚用羊皮换来的盐和土豆

负重的她们

在做轻松的行走

尘土飞扬

歌声也飞扬

上扬到苍穹又被鹰们衔到远方

她们选择羚或鹿走的路线

两旁是注视的目光

一样慈祥

各自尊重

各自安好

马赛女人和她们的丈夫一样
衣着鲜艳
舞步狂野
脚印宽大

百药山药典

药典翻开,佛光普照

人间所有的病痛缩小到一个人的体内
悲苦是结石或肿瘤
要找到求生的处方和良药
你只得投奔这里

沉疴的翅影出将入相
新疫的狞笑时隐时现

那位遍尝百草的人背影渐凉
只留这百药的药柜矗立萧山之南
还该有一卷药典
悬壶济世、手铃清脆
银针的银白和艾柱上的红色燃点

药罐鼎沸,那一串串鼾声在山的腹部和胸腔迸发

把你的脉搏和心跳,给他
给他,你的一呼一吸并亮出舌苔上的烟尘
你的眸子之色和毛发枯荣,给他

百药山大医精诚
百病包治

点兵调将，配伍一剂良药和调动一个兵团一样不易
还有尖兵前行，药引
这个江山和人间
需要阴阳调剂，活血化瘀
扶正祛邪，疏风清热
这个江山和人间，需要

走入山里，我该是挖药的人
川乌、茯苓、槐角、党参
桔梗、芫花、紫菀、秦艽

此山是佛，常住人间
我却愿这山百药闲置

药典翻开，佛光普照

拜谒重兴寺遇见筝声

过断垣遇见古井
井沿勒痕悄然说话

"从北宋到民国我汩汩出泉
养二百一十八位僧人和数不清的香客
那时我活着……"

过竹林遇见竹叶青上的竹叶青
绿裙闪过是一行行草书

"我不是白素贞身边的小青
但我相信世间有真的爱情
我在等姓李的或姓王的
我不会嫁给姓许的什么仙……"

过石级遇见石刻上的幼狮
它把绣球踢给我们

"你们该有一个玩偶
虽然你们男子足球队大赛时没进过一粒球
我还是把心爱的球给你们……"

过废墟遇见筝声

弹筝的绿衣女子倒没说什么，筝上流下的

不是《高山流水》《渔舟唱晚》《汉宫秋月》
不是《东海渔歌》《香山射鼓》《战台风》
更不是《林冲夜奔》……

大运之河

拓土之际,腹肌板结
抽签之时,水路尚在瞳孔里暗流
京杭遥远间只有马蹄踢踏
需要液态的流动
是动脉或静脉

吸管,江南香米和白盐
以血红素的模样流淌

把所有的帆当成风筝
大河那根两千多里的
线,系着

一支短笛卧野
风吹过船桨之声和船笛
还有绷直的纤绳上跳跃的号子

这台不老的织机
每天穿梭的银梭金梭
南来北往的月牙

所有的码头都该是琴柱
长河,这架古琴

抛出水袖之后
就有了欸乃之声
踏岸而来,还有春潮带雨

这根银烛点亮
一座座城池一座座山
清亮亮的嗓子过了平原

这柄寒光内敛的古剑
撕开一道光的内部
可见到水下沉淀的
碎瓷、铜钱、骨骸、百宝箱
还有水上漂过的水烟、葫芦、菜蔬
无名浮尸

船在河道上行走
似精子在生命之河上逆行

这枚银针
扎在两个穴位上

一个叫京穴

还有一个叫杭穴

银针扎下,大地通体皆活

大运降下,河水流畅

我们承接万代的福泽

在江兴教堂外

要去古码头的路突然被荒草淹没
在废去的老运河和新运河之间
这条绿树和野草疯长的狭长地带
它崭新地立在那里,是一柄刺刀划破风和云

木瓜还是柚子那黄色的球体在秋风中坠落
只是坠落不会跳起,还有橘子乒乓球似的
我在沉思时没听到钟声
却看到那排乔木的树干上
刻满了歪斜的文字
　"学习重于泰山"
　"表哥你好"
　"救我"
　"我恨你"
　"王王金"
　"……"

透过刀痕
我依稀看清每个刻字者的表情
怨艾,愤怒,绝望,期盼,仇恨
当然还有平淡

只是每一刀下去都会给树带去疼

当我问那个瘦高个看门人一些关于教堂的事
他只告诉我
这是小镇一万多信徒捐了六千万元建的
他每个月三千元退休金要拿出三百给这里

问他姓名,他不说
他只告诉我
小镇叫松陵镇

关于刻在树上的文字
他说:那是过去人干的,现在人不会再干

望望教堂,我不知道答案在哪里

红色感叹号

在古运河的吴江段
我没随那群采风的人沿着石堤
去拜谒纤绳的柔咬出青石的硬
勒痕凹陷，仿佛青筋暴突的往事
我只凝视那两位放生的女人

这是九月骄阳直射的正午
她俩急匆匆把两筐鱼倒到泛黄的河水里
有黑鱼、黄鳝、鲫鱼和鲤鱼

入水的鱼，有的愣怔下摇尾急走
更多的有些懵懂地原地游
还有少数已濒临死亡，袒着白腹随浪远去

她们合十、闭目，唇微微动着
如风过的水面，满脸有了深水静流的波纹
我想她俩该是在诵"三皈依"
在用手机拍这段视频时
一位微笑制止
一位决绝地把后背给我

这时我像犯错的人低头往回走

我看到沿街围墙上有一行行醒目的标语
　"长江禁渔，功在当代，利在千秋！"
　"禁止一切捕捞行为，最高处三年有期徒刑！"

红色，仿宋体，皆用感叹号
感叹号是晾晒的鱼

放生的人开着红色的豪车绝尘而去
没看到那些感叹号的眼泪……

登塔记

鳌头昂起,石像矗立
汇流于此的江水复印塔影和佛音
(明万历二十五年,东莞县令翁汝遇发动绅士百姓建金鳌洲塔)

持笏者的笏,挥毫泼墨人的一管不倒的笔
一炷顶天立地的香火,一声声粤调里上扬的水袖不落
(天启四年落成,修建历时二十七年)

帆樯不动风在动,划桨的木桡在舞蹈
石人石马文官武将归隐到石头的深处不语不嘶
(乾隆二年,塔倾塌,县令印光任等重修宝塔)

塔刹留有倭寇留下的弹孔,石像残存"破四旧"的斧痕
更多是穿塔心而过的九股罡风和湿漉漉的绿苔茂盛
(1992年,东莞市政府维修古塔,修旧如旧)

其实,聆听塔铃之声是一种抚摸
其实,抚摸石像是一种聆听
江涛如昨,风景更新
(庚子仲春,李云随杨克2020年6月23日,李云随杨克、黄礼孩登塔随记。)

祠堂及如在

所有的光最后都收敛到这里
正如所有的光最初是从这里散播出去的
如在

在一个南方小镇我走访六十六座祠堂
叩响六十六个姓氏的门楣和窗棂
我拜谒他们的先人和拜谒自己的祖宗一样自然
如在

屋脊上的鸾凤麒麟天马狻猊
还有獬豸斗牛和狮子及行什
这些为先人护驾的瑞兽呀在此端坐远眺
是因为先人们正在檀香里陆续重返故里
如在

不同的衣饰和差异不大的面孔
不变的血脉和眸子以及铮铮的骨骼
列祖列宗的牌位矗立，祖训和家规
镌刻在青石之上也烙在心房之底
如在
敬畏之心和怀念之情是莲花、锦鱼与水的哲学关系

我思忖：爱着家的人，不改姓氏的人
记着祖宗的人肯定也会爱着他的国
如在

看蜀锦

一段斑斓,巴山蜀水立此存照

云烟氤氲的背面是川人女子

垂目柔光,菩萨

锦上湖光,白或蓝

所有的色线被缜密心思所使

穿经走纬,错落有致地布置

穿插埋伏,隐现沉浮

一切古往今来的往事在锦帛,无声或鼎沸

多少才子佳人的悲喜,蜿蜒生动

川剧、高腔和众人伴唱,不绝市井

顶灯碗的人远遁,变脸者来后

江上号子绝尘自溺,暮色沉重

一块欲飞的毯,绣匦

世间最厚的大书,只有一页

正负两面,阴阳的鱼,游动

那枚针还在线团上直立

一根尾线在风里飞,猛然醒悟的幡旗或逆风千里的风筝

也是唱片上停着的尖脚针

一阕词,在紫檀木围着的四方城池里
走马,只是没有蹄声

戏重庆

我不扯把子,正南齐北地告诉你

重庆森林在这里,金蟒穿行

奔驰在两岸的车、甲虫、鹿和豹

一群群白象……

被川人驾驭

两棵巨树横卧在这里,树色

一棵青翠,一棵浑黄

船笛是树上最好的土著民

江涛之上传说漂过,之下鱼在耍朋友

入夜,灯火先从火锅点燃

灼热山城喉管和心腑

萤火虫四下做巴适的飞

森林里的人

会对面拥抱、接吻、唱歌、喝酒、书写、挑棒棒、打麻将……

他们不是脚杺手软、瞌睡迷兮、二不挂五的人

他们是一群奇特可爱且珍稀的高级动植物

我不扯把子,正南齐北地说

滘和涌

万水聚集又分散，把流水
黄麻似的扯开，分蘖
植物的内部秘密和疍家人的语言

造船的、编莞席的、做烟花爆竹的人们
船的出海和回归，莞席的经纬交织
烟花的绽放和涣散，打工仔的来来去去
人声鼎沸的岸上所有一切终会沉潜水底
在大汾，就该找个什么样骨感的字
来表达笑脸和哭泣潮湿且含烟的内容和隐喻

"滘" "涌"
终于，被先人们炼金术一般冶炼成功
聚散无常或者聚散两依依

涌，此刻念 chōng
滘，该念什么？我、我、我
我当然不会轻易地告诉你
你也千万别去寻求百度或搜狗帮助
请移步万江古镇去登门请教渔民和原住民

天底下没有谁比他们更能把这两个字

念得准确且解释得清楚

双河口·北门

通向童埠的那辆老公交绝尘而去没再回来
正如青通河的水没有了沙子就不再是那年的河水
年关的棒槌之声和扒沙的汉子已涣散
缫丝女工和卖麻的山里人都去了哪里

右边依次是豆腐坊、废品收购处、麻行和铁匠铺……
左边依次是杂货店、供电所、李家、吴家和外婆家……

在河里卧着十多个朝代遗留的古钱
在桥上有多少双脚印相叠
此时,我还记得一位会唱黄梅戏的大赖子和不会说话的小赖子
沿街乞讨
还有敲小锣算命的两位瞎子
再有是穿喇叭裤背马桶包的"海佬"
大桥洞里栖息的收集铁钉铁丝的老汉
从二楼爬下来的壁虎和夏夜门前的竹床上的扯白和鼾声
雪天掷铜钞的嬉闹和龙灯后的追逐
还有来外婆家做衣服的人们
对,我的外婆是青阳有名的裁缝
她是这小城唯一操四川口音的裁缝

北门没城门,双河口是桥的名字
我记录这些,是那些人让我记得
我记录这些,是那年的时光
时刻提醒我别忘记

卷六

谐 谑

魔术师

没有高高的礼帽和长长的燕尾服
他只是静默在那里　等
等春光

啁啾舞蹈　鸟
四处走动　白云
唯有他不动声色
攀岩者行动前那样默视
攀缘的路径

没有道具的遮掩
举着赤臂和赤诚之心

一缕春风终于拂面
他忽然就捧出一树白鸽子

春雷春雨后
他又把鸽子变得无影无踪

玉兰树好像就是这样

定型术

你的心情和你的任性
没人能管得了

把木头打成桌子和椅子
让铁变成刀和勺子
土烧制为陶罐或杯盏
砌个四方形的屋子
风进去后就成了四方形
如果是筒裙样的
那风就是圆的

最有意思的是你
用玻璃做了许多瓶子
把水盛进去
水就呈千姿百态的样子
大腹便便的或瘦削的
妖冶的或苦难的……

水做梦都想回到小河那里去
其实
小河的形态是水最需要的

过去式

侧身而过,旅途中我发现

着绿衣的胖子老者总会时时放缓步子
给留子弹头发型的年轻人让道

一阵风似的飞奔而过——年轻人
仿佛丢了东西要找回什么
或者是去约会自己的情人

着绿衣的胖子老者总会嘀咕句
谁还没年轻过……

老者还要继续赶路,他还会一路上
遇到
那些留子弹头发型快跑的青年
气浪会让他的身体颤抖

不过,老者还是要把自己剩下的路
走完,虽然气喘吁吁

是的,着绿衣的胖子老者是绿皮火车

留子弹头发型的青年是谁
我想你早该知道

磨刀事

没开杀戒之前　刀和石头
谈锋正健　有时两者吵得火星四溅
水来安抚

决绝而去的刀
冲锋陷阵的刀　最终会
遍体鳞伤　回到石头上
疗伤

石头和有过血污的刀身
不再说话　任由刀自言自语
水陪刀暗自落泪

黎明之光在刀的额头和鼻尖闪亮
豁了的牙也被补齐了
血槽清洗干净

石头的腰佝偻
水的眼泪哭干

刀被持刀人携着重入江湖

石头和水没有送行

它们知道

刀的命运结局

它们都恨持刀的人

恶作剧

他俩合谋要去偷点什么
如我们年少去偷瓜偷枣一样

先是蹑手蹑脚地潜行
风不留足印,水悄然无声

到了洲上,鸟没捕到
芦花鸡也没逮到
只抱着一团芦花回家
他俩相信芦花鸡就藏在芦花里

这是早年暮秋里的事

他俩恶作剧的结果
是芦花四处飞　落在
湖里　第二年就长成芦苇荡
落在
头发上　就是洗不去的雪霜

两个恶作剧的家伙

还是不吱声

还是不留痕迹

小凿子

不能创造奇迹的生灵
来不到这里　这里的一切都自有
异禀

比如
驮着屋子到处行走的
翅上永远沾满花粉的
比如
潜在水里举着大鳌要打架的
一天到晚开着马达嗡嗡叫飙车的

而它只是整天带着它的小凿子
从一棵树到另一棵树
下力气地凿或啄

也不知大树们烦不烦它制造出咚咚的
响动　反正许多树
都喜欢它的小凿子

琴前世

马捐出长尾　只要你能记住
我曾在秋风中的长嘶

梧桐献出身体　只要你能说出
我潜浸在年轮里的沉默心思

蛇把自己的皮肤蜕下　只要你能倾诉
我和许仙的情爱以及法海、小青

牛抽出自己的筋　如果能成为弦丝
我愿意

大象走进钢琴里
天鹅栖在竖琴中
众鸟落满黑白的台阶上
十指雀跃
鸟鸣惊起

睡眠处

我要睡到冬瓜胸膛
白的厚被和棉花糖

我要睡到鱼的腹中
或睡到土拨鼠的洞窝

鹰的巢里
我把我的十指吸盘一样吸在鲸的脊背
要睡就睡在这里

让松鼠的尾覆盖我
让豹尾上的眼睛为我点灯
让大象的耳朵为我扇风

在这里我肯定不再失眠
我该如神一样鼾声如雷
并惬意地自然醒

吃货记

它什么都吃,水草、泥
螺蛳和虾米
一条大鱼逼近时
它把一群小鱼悉数吞下
然后,急匆匆地游走
这个吃货

它在安全的水域
又吐出一群小鱼
小鱼们围着它喊叫:妈妈
噢!它不是吃货

那条大鱼最终还是来了
大鱼吃掉一池的鱼
它才是吗?也不是

最后,我们吃掉了那条大鱼

倒计时

从诞生那刻起
你就开始倒计时了

你朝它一寸寸挪近

终点，黑洞和磁场
你无法抗拒它的吸引和吞噬
只不过，平日我们都没有意识到
它的存在

我们嬉笑、远足
酗酒、接吻、运动
直到有一天我看到一只螳螂
在吃着自己的尾和身体时
倏忽我摸摸自己的脊骨
有了惧怕什么到来的惊恐

卷七

雪国

雪国

一

丹顶鹤是我雪国形象的代言人
白山黑水，白羽长脚
鹤顶红是我雪国高擎的灯盏或美人痣

二

降温——一个冷的名词，此时，降临北方之北
卷刃的寒光里蕴藏着琥珀般的热血

水的表情凝固成铁的重、银的白。风把风打回原形
我得不停地追逐或狂奔，不然冰会把呼吸焊在冰上

落在白桦树和黑针松上的白是白山黑水之上的睫毛之白
鸟比我的速度更快也更慢地飞入雪国的更快也更慢的心跳

无处遁形的山神，此时显形
雪凇以雪墙和雪塔的崔嵬
矗立在岸的对岸反射着神的光辉和背影

三

我的雪,被一豆灯火照亮内部的幽蓝和隐秘
我的国,在冰河床下流淌着无言的慈悲和欢喜
我的雪国之旗,是如剑的冰凌悬挂在每户门楣屋檐

四

零下三十摄氏度,松鼠窝里的松果是暖的
木刻楞门前的北极光的蓝与绿是暖的
我泊在鱼窝里的酒觯也是暖暖的

借着厚雪簌簌落下后又反弹而起的树枝弧线和力度
我被抛向空中,飞翔,和猫头鹰或隼一样迎雪而去
不知是出发还是归隐,弦乐大作耳畔,众鸟起飞

五

裹在滑板上的麋鹿之皮系上快乐又脱下快乐
只有林海和雪原知道,还有孩子和母亲们知道

拎着刻刀和酒瓶的父亲们大声地走来
他们在朔风里完成了他们心里的众神冰雕像群

其实，大雪也完成了对他们的雪塑

北方的神，诞生在此
其实，雪国众人就是众神化身所在

六

要睡就睡在雪国的雪里，要葬就葬在北方的手心
枕着白山，濯着黑水，澡雪或冬泳
洗出一种清洁的精神，洗出心寒之后的热血偾张
沐毕，喝酒在篝火边
听萨满的鼓和铃声
一路拾耳级至心房和脑宇所踏出的节奏

把火烧死，把冰煮透，把酒炖烂，把爱烤香
把梦烹熟……

七

晨起看木屋外一行行深浅不一的足迹
梅花瓣的、拳头状的、竹枝丫形的等
你不是猎人也知道昨夜有哪些朋友来看望过你
和这被雪哄睡的小屋

收藏起这张似宣纸巨画的"访友图",是你最大的心愿

八

雪霁的光芒
是人间最炫目的光,这瀑布般下泻的光
和被雪地反射的光
就是那本经书上说到的光
"要有光就有光了"的光
是没有污染的初始之光呀
你可以从中嗅到春天的体香和前世的味道

在这光芒里,你幸福得还要什么?
我想除了我,你什么
也不会再要,我们有光了

九

在雪国,我们和生灵们一起仿佛都是爱抽烟的
远远地看我们是那样,吐气如烟
这是雪国里的另一种手势或文字

吐气如烟，呵气如兰
雪国里四处奔跑着一列列欢快的小火车

见面，和小火车一样吐着莫合烟雾
这会儿，我们的语言是有形的语言
我们的语气，你能看见

只有神该是这样——吐气如烟
说话、歌唱、呼吸
只有雪国的生灵是这样——吐气如烟

十

如果你想潜入万物寂静的静里
我的雪国可以满足你的欲望

但我只想在静的时候听到突然而至的声音
比如野兽疾走、冰凌坠落、枯树断枝
倏然而至的赶山人的喝号
一切与雪有关的声响，与生命脉动有关的声响
我迷恋这些，这些是雪国特有的产物
如人参、鹿茸、雪莲花

此刻我们一脚一脚行走在雪地上
脆脆的、窸窣的踏雪声
如深夜里的私语和翻身掠被之声
温馨如斯

十一

被雪冻伤,用雪搓揉伤肢好得最快
雪色灼红的眼睛,我会采来雪莲给你洗目

在我的雪国,篝火、酒、野性的曲子
还有冰橇、雪钓、狩猎……
我是雪国的王
走进雪国,我给你颁发世上最快乐的绿卡
在我们的一握中,雪大了

十二

别问雪国的雪
该有多少种颜色
你能告诉我世人有多少
肤色?世人的眸子存有多少
色泽?阳光有几缕

光彩？人类有多少种

方言？人们有多少美好的

愿景？鸟有多少种

鸣声？你有多少

心思？我有多少向往？

雪国的雪

就该有多少种颜色

十三

一滴融化的雪水里孕育着一条大河，大河

流到大海胸怀的时候也该记得——母亲雪国

凝视多棱的雪花，我看到大海的巨浪

掬起一捧雪，我就举起一片海洋

在海上航行，如在雪地滑行

浪谷浪尖，上岭下岭

要么果敢地冲顶，要么失重地下坠

风驰电掣，癫狂、嗨！

谁在大声尖叫呐喊

谁的快感来潮

十四

好累!
那就让我们冬眠吧,忘了时间的长短和空间的空
忘了纠缠、琐事、欲望、争强
把手头上的事放一放,把手机关掉

冬眠,一场短且慢的修行

在雪国该拥有一个休止符
我们和黑白琴键以及高潮迭起的乐章
一样需要它

像蛇样蜷着身子
像熊样搂紧自己
像鱼样闭上眼睛

让急躁的快变为随性的慢
让一切浮躁沉淀为无边的宁静

平和、安详是冬眠圈豢养的

两只慵懒的猫咪，在暖阳下
捧着阳光洗脸或假寐晒太阳

十五

没有什么比走在冰上更让我惬意的事了
冰封的河是张铺开的乐谱，行走的生灵是跳动的音符

众多的音符会滑倒、趔趄、蹒跚、驻足
当然也有速滑、快跑、疾走、跳跃者
谱写出来应该是交响乐或诙谐曲
一定是这样的

我只是凝视冰面的纹路，凝视冰层里凝固的一串串气泡
冰纹还记录着结冰那夜的风语和故事
气泡该是那些鱼群冬眠前集体舞会的余音

走在冰上，是让我最惬意的事
如一只散步的老虎，缓缓地走

十六

让我们来认识那靠墙垒着的木柴，一棱棱的

这些杂材是森林里间伐下来的枯树,在秋天被大斧劈开

在雪国,不仅有朔风的冰冷,还有木柴的暖
没有这些木柴,在冬季我们只能束手待毙

没有狍子肉,我们还有土豆
没有土豆,我们还有薯和杂面
没有杂面,我们还有酸泡菜和干辣椒
这些都没有,我们还有烈酒和粗盐
但我们不能没有木柴和火柴

所以我用有木柄的斧劈开木头
所以我让硝和磷划拳来点燃冬天

到什么时候,我们都抛弃不了火
是的,我们脆弱的情感需要暖

十七

那位每天去给沼泽湿地里众鸟送苞米的人
在一场大雪后没再回来,被雪藏到什么地方去了
谁也找不到

众鸟知道,它们围着村子在飞
黑色、白色、黑白相间色、灰色、彩色
小鸟大鸟
它们鸣叫着,可惜我们谁也听不懂鸟语

有众鸟记着比让人记着
更好!我暗道

十八

雪崩在山上,不靠近它,你会安然
那座神山比圣湖还让我们景仰

转山、磕长头、匍匐是我们的日常宗教
不惊扰心中的神,日子就会吉祥
先人是这样教育我们的
我们听话遵守诺言

我们的孩子们可能被外来的人下了蛊
随外来的人去攀登雪峰

我看到雪崩的气浪和雪尘
扑面而来,木刻楞屋在摇晃

我醒了,夜半月冷

十九

雪际线一年一年向后退却,雪豹被逼得如狼般嗥叫
我知道总有一天雪国将没有雪落

我开始珍藏每年的第一场雪,这是雪国的史记
有那么一天,我会指着一罐一罐的雪
告诉来访者这是雪国编年史

二十

请让我们回到起始处,雪国——丹顶鹤
此时,它在飞翔又下落
在振翅又跳跃,长喙里噙着一条银鱼

丹顶鹤是珍稀的,我的雪国也是

附录

格物与养气　醇厚与清冽

——李云诗歌品读

李　犁

李云的诗歌像一盘丰盛的珍馐，不但好吃，且有营养。前者是说他的诗贴近人心，能勾起阅读兴致；后者是说他的诗有筋骨、有嚼头，启智开慧，有效有用。李云的这些诗不是在书斋中苦思冥想硬憋出来的，而是他在大地上行走遇见看见，身体与客体撞击后自动生成的，这就让他的诗有了根，有了即时性和纪实性，有了亲历和鲜活。对读者来说，这些诗就不虚无缥缈，不云山雾罩，甚至因具体的可见可感，以及很可能因也游历过这些景与物而产生共鸣，从而变得亲近和栩栩如生。但要把这些诗吃透、吃出味道来，却又不那么容易，因为这些诗不是在简单地复制和誊写自然，而是渗进了异于他人的体悟，以及偶现的细节和只契合了他自己的极其个人化的想象和直觉，让读者必须深刻探究，然后才能为他独特的发现和灵奇的呈现而惊讶，像思维被谁掐了一下。

李云把诗带到了陌生地带，也把思想深入到万物的核心，并以此映照出人性深层的褶皱，诗从鼓噪的抒情过渡到深刻的沉思，向外散发变成了向内凝聚，蒸气和液体沉淀成沉默但有着无限爆炸力的镭，诗成了哲思和大道。这样，诗从咏物过渡成格物。格物就是深入到万物的核心,探究和找到万物之道。古人格物致知,李云格物致诗,再致思致志。但李云格物,并非像王阳明格竹那样苦身罚体,而是顿悟,靠的是灵感的电光石火,然后洞悉万物的秘密通道,以及灵魂的幽暗和光焰。比如他在《大运之河》中,借灵性之光从各个角度来透析运河的魂魄,并照出运河的前世与今生,运河的功用和它后面隐藏的政治和命运,以及世事的沧桑和尽管逶迤但一直向前蠕动的事实和动力。这是典型的格物之诗,通过对所见之物的深入与剖析,再揉碎重塑,内核和喻义便被诗化和哲学化,这是诗之深、思之锐。

而李云写《在江兴教堂外》则是白描,尽量客观化地再现他所看见的人与物,诗的起落似乎变得轻松,诗人隐藏在事物的后面,一切让事实说话,诗的指向开始变得模糊。但细究起来,梳理就是态度,在杂乱的事物中能弄清教堂是"小镇一万多信徒捐了六千万元建的",看门人"每个月三千元退休金要拿出三百给这里"。而看门人不愿说出自己的姓名,这恰恰说明小镇的人是多么虔诚,而且真。更说明在混乱的时候,人们多么需要一种信仰来支撑不愿坍塌的人心。但现实是这信仰有点盲目,不全被理解,甚至有时被亵玩。有诗人看到的那些刻在乔木身躯上歪歪斜斜的文字为证:"学习重于泰山""表哥你好""救我""我恨你""王王金"……这些文字全是游客个人的宣泄,有的仅仅是恶作剧,所以诗人发出这样的叹息:"透过刀痕/我依稀看清每个刻字者的表情/怨艾,愤怒,绝望,期盼,仇恨/当然还有平淡/只是每一刀下去都会给树带去疼。"

虽然依旧是写实,对教堂和信仰本身没有直接的涉及,但从中也能看出信仰的现状，以及人心的复杂难测。这一切说明启蒙人性该有多么任重道远。诗贵在真，它不眉飞色舞，只是剥离杂芜，让还原的本相来引人思考，锋芒笼罩在不动声色的叙述中。与此类似的构成方式还有《红色感叹号》，两个女子把两大筐鱼放生在长江里，以此祈求自己的人生平安。但是她们的鱼是从哪里来的呢？因为禁止在长江捕鱼的标语像红色的感叹号就立在岸边。于是巨大的问号来了，巨大的思考来了。二律悖反和严肃与滑稽的背后是诗人的尖锐的批评和深刻的关怀。

李云的诗也是有道的，而且有力有情有义。虽然目光有时有点冷峻，但内心是炽热的，满满的都是爱和关怀。所以他的诗是养气的，一种浩然正气在鼓荡，也在心里生长，铿锵有力，形成骨头里的盐和钙。就像他本人一样，真诚坦荡，又细腻温情。人与诗互相映照，人格更饱满，且有了诗的美感；而人的精神哺育着诗歌，诗就有了骨骼，像他在《从呼和浩特飞往乌兰巴托》里说的"所有向阳的岗坡复活众神窖底的光亮"。

这就是我前面说的李云的诗好吃又有营养的理由。如果用具体的美味来比喻他的诗，那就是内蒙古的肥羊炖大连的海鲜，醇厚中有一种让人舌尖一爽的清冽。这醇厚和清冽是诗味，也是美感，更是李云诗歌的审美特质。醇厚一方面是指前面谈到的诗的内容，也就是思想的深度和广度；另一方面也关乎着诗歌的生成方式和审美特质。这后一个更重要，它决定了诗之所以为诗的根本。因为仅仅思想深刻不一定是诗，是诗就要有诗味，不论多么深邃而辽阔的思想都要融化在只可意会不可言传的美妙与神秘感之中，就像美味佳肴传导出的滋味一样，你被这味道迷醉，但你没法析清这味道的质素和感觉。至于其中的营养即思想，那是吃了之后自然产生的物质。所以诗人即厨师，但比厨师更难，因为把诗烹饪成美味，不仅需要技艺，还需要德行，而且每首诗不能重复，更不能跟别人雷同。而李云这些诗综合了很多诗人都用的情怀激情想象力爆发力，更展现了他超人的智力和灵性，这让他善于用联喻，就是把比喻穿成串，思维和想象飞起来，像撑竿跳，越过一道又一道高墙，落下的地方，正好是喻体的开关，所以他诗里的比喻就是一盏一盏亮着的灯，让诗歌绚丽迷人而惊魂。

以《大运之河》为例，整首诗都是比喻，甚至他让主体消遁，直接让喻体成为主角。这里我们简略梳理一下，首先他把流动的运河比喻成人的动脉静脉；又称它为不老的织机，河面上来来往往的船只或其他，就是"每天穿梭的银梭金梭"和"南来北往的月牙"；他把码头喻成琴柱，这运河又成了"古琴"；然后将河里的帆喻成风筝，而大河就成了那根系着它的线；还有"银烛"照亮历史，"古剑"剖开生命等，运河在他特异的灵感下，具体、丰满、可视。最后是一个整体性比喻，有情节有细节："船在河道上行走／似精子在生命之河上逆行／这枚银针／扎在两个穴位上／一个叫京穴／还有一个叫杭穴／银针扎下，大地通体皆活。"喻象层峦叠嶂，宽阔无边，从形似到神似，越来越迫近并切中运河的魂灵，且让运河活了绝了，神了妙了。诗从里到外，从内容到技艺都深厚而浓重，像肥腻醇香的熟肉，这就是我理解的醇厚的内涵和美感。

那么什么是清冽呢？我把它理解成李云诗歌中能让人精神为之

一振的凛冽的清鲜味，像我们被肥荤所包围，一道清爽的原汁原味的生蚝或海蛎子让人口舌顿生锦绣，犹如芙蓉清纯地脱离了淤泥。或者再生动一点，就是芥末，只一点点就让人神清气爽。运用到李云的诗歌里，是指他突如其来的一些比喻，刺激了我们的神经，让我们有一种被电击或者蜂蜇的感觉，如果找例句，前面那些形容运河的比喻即可证明。这说明李云不仅有智，也有灵，灵包含灵慧、灵犀、灵巧，以及通灵和灵异之意。尤其是后面的两种灵性是先天的，充满了神秘和不可思议，它释放的能量非人工能为，他的诗能跨越和飞翔并且鬼斧神工就来源于此。它让李云常常在无中生出有来，并有了向诗人们都向往的绝无仅有的境地突进的能力。这就是创新和创造。

所以一首好诗是诗人志与智和灵的融合，志是指诗人的情怀和心灵的慈惠，它决定了诗歌的温度深度和柔韧度，属于内容。而灵与智则是技术的保障，决定了诗歌能飞多高多远，是否能有久别重逢梦想成真天机被道破的效果。李云的《草原》就具有了这些元素，这首诗是他情志与灵智的完美契合，既温柔适中，灵智上又有出人意料的向上一跃。限于篇幅，就不详解，将李云这首《草原》附在后面，请读者打开书慢慢地品读——

骨骼是石子做的，毛皮来自青色的草
一个雌性的巨灵匍匐在戈壁之北

把石子寄存在石子聚焦的山顶

石子就有了自己的那达慕
沉默的石子此时喧哗四野

让毛皮铺盖到草茎呼吸的角落
蒙古包就飘飞长调和呼麦
它或低沉或嘹亮

奔跑的蹄铁踢飞石子
溅出星星和篝火
低吻草茎的唇齿
咬碎长河中的月亮

敖包上的神灵是石子里走出的智者
广袤大地上的草是草原最卑微的圣人

最后,我们会走进石子的核心殿堂。如牧民
如露珠,我们会停泊在每个草尖的塔尖。最后